Rosalie, Sidonie et Mélanie

Félix Arnold Edward Pirani est né en 1928 à Londres. Après de brillantes études scientifiques, il a enseigné les mathématiques et la physique à l'université de Londres. Aujourd'hui, il publie des articles scientifiques et, pour rester proche de ses petits-enfants, il écrit pour eux des contes et des histoires.

Claude et Denise Millet ont fait leurs études aux Arts décoratifs de Paris. Depuis, ils dessinent pour la publicité, la presse et l'édition.

Dans Bayard Poche, Claude et Denise Millet ont illustré :
La rentrée des Mamans - Ma maman a besoin de moi - Un petit loup de plus (Les belles histoires)
La charabiole - La marelle magique - Les pâtacolors, j'adore ! - Les cent mensonges de Vincent - Atchoum, Père Noël - Coup de théâtre à l'école - Invités à l'Élysée (J'aime lire)

Sixième édition

© 2003, Bayard Éditions Jeunesse
© 1990, Bayard Éditions
Tous les droits réservés. Reproduction, même partielle, interdite
Dépôt légal : février 2003
Loi du 16 juillet 1949 sur les publications destinées à la jeunesse

Rosalie, Sidonie et Mélanie

Une histoire écrite par Félix Pirani
dédiée à Joshua Penman
illustrée par Claude et Denise Millet

LES BELLES HISTOIRES

BAYARD POCHE

Il y avait une fois trois petites filles :
Rosalie, Sidonie et Mélanie.
Elles avaient juste six ans.
C'étaient des triplées :
elles étaient nées
toutes les trois en même temps
de la même maman.

Quelquefois, la maman de Rosalie,
de Sidonie et de Mélanie
les appelait tout simplement R, S et M,
pour aller plus vite.
Il y avait un R sur tous les tee-shirts de Rosalie,
un S sur tous les tee-shirts de Sidonie,
un M sur tous les tee-shirts de Mélanie.
C'était la même chose pour les salopettes,
pour les chaussures et les chaussettes,
et même pour les maillots de bain.

Il y avait aussi un R, un S ou un M sur les jouets,

sauf quand ils étaient à toutes les trois.

Rosalie, Sidonie et Mélanie se ressemblaient comme trois gouttes d'eau.
Bien sûr, entre elles, elles savaient qui était qui, et leurs parents savaient toujours
qui était Rosalie,
qui était Sidonie
et qui était Mélanie.

Mais pour Grand-Mère, ce n'était pas clair,

pour l'oncle Robert, ce n'était pas sûr,

et pour le maître, monsieur Martin,
c'était un vrai casse-tête*.

* Ce mot est expliqué page 28, n° 1.

Heureusement, il y avait les R, les S et les M
sur les tee-shirts et sur les salopettes.

Rosalie, Sidonie et Mélanie s'amusaient bien
quand les gens se trompaient
en leur disant bonjour.
Par exemple, si l'oncle Robert
entrait dans la salle de bains
pendant qu'elles étaient dans la baignoire,
sans les tee-shirts, sans les salopettes
et, bien sûr, sans les maillots de bain,
il disait :
– Salut... heu... Sidonie.

Les triplées criaient toutes ensemble en riant :
– Mais non ! moi, c'est Rosalie !
– Et moi, c'est Mélanie !
– Et Sidonie, c'est moi !
L'oncle Robert riait aussi.
Il n'arrivait pas à voir de différences
entre ces trois petites filles-là.
Et pourtant, elles avaient de grandes différences.
Mais elles étaient les seules à les voir.

Un matin, Sidonie appelle ses sœurs :
– Si on mélangeait nos affaires,
pour voir ce qui arrivera ?

Mélanie dit :
– C'est ça, on échange nos habits !
Et elle enlève son tee-shirt avec un M.

Au petit déjeuner, leur maman se met à rire :
– Quel mélange ! En voilà une idée !
Rosalie explique :
– Tu sais, maman, c'est pour s'amuser.

La maman dit :
– Bon, dépêchez-vous,
je vous emmène chez le dentiste,
dès que vous aurez déjeuné.

Le dentiste ouvre la porte de la salle d'attente*.
– Voyons, qui passe la première ?
Rosalie, je pense.
Qui est Rosalie ?
Mélanie se lève.
– C'est moi, Rosalie,
puisque j'ai un R sur mon tee-shirt.

* Ce mot est explique page 28, n° 2.

Mais Sidonie se lève aussi.
– Non, c'est moi, puisque j'ai un R sur ma salopette !

Et Rosalie dit :
– Rosalie, c'est moi, parce que c'est vrai.

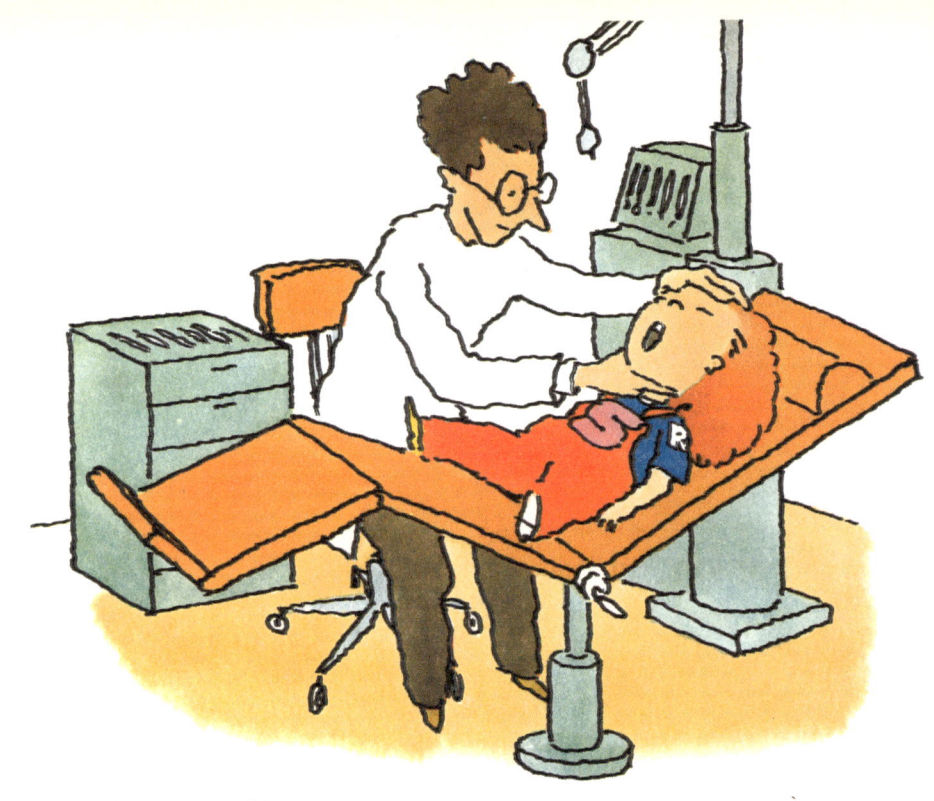

Le dentiste dit :
– Ça n'a aucune importance.
On va commencer par toi, là.
Et il montre Mélanie du doigt.
Quand Mélanie est installée dans le fauteuil,
le dentiste regarde dans sa bouche,
puis il prend trois petites fiches*
et il dit :
– Toi, tu es Mélanie.

* Ce mot est expliqué page 29, n° 3.

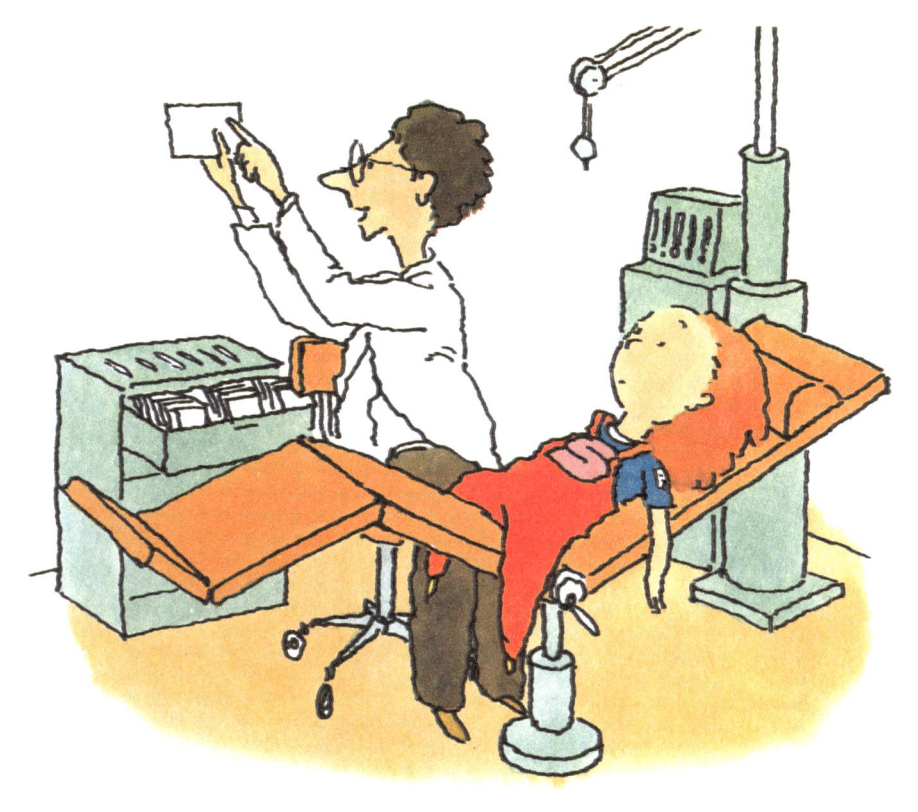

Tu vois, sur cette petite carte,
il y a le dessin de toutes tes dents,
avec des petites croix pour indiquer les caries*.
Ça ne peut pas être celle de Rosalie,
il y avait une carie à gauche,
ni celle de Sidonie,
il y avait une carie au fond.
Laisse-moi vérifier*, Mélanie.
Tout va bien. Tu peux descendre.

* Ces mots sont expliqués page 29, n° 4 et n° 5.

Le dentiste montre Sidonie du doigt.
– À toi, maintenant.
Il reprend ses petites fiches
et il dit :
– Toi, tu es Sidonie.
Puis c'est le tour de Rosalie.

Rosalie, Sidonie et Mélanie
rentrent à la maison avec leur maman,
qui leur dit :
– Bon, ça suffit comme ça.
Moi, bien sûr, je vous reconnais,
le dentiste aussi.

Mais il y a des tas de gens
qui n'y arriveront jamais.
Pour aller à l'école,
remettez chacune vos affaires,
sans ça, monsieur Martin
n'y comprendra rien.

Alors Rosalie enlève son tee-shirt
et elle le donne à Sidonie
qui enlève son tee-shirt
et qui le donne à Mélanie
qui enlève son tee-shirt
et qui le donne à Rosalie.

Et puis, Rosalie enlève sa salopette
et elle la donne à Mélanie
qui enlève sa salopette
et qui la donne à Sidonie
qui enlève sa salopette
et qui la donne à Rosalie.

Elles remettent chacune leurs affaires
avec un R, un S ou un M.
Et elles sont très contentes d'être redevenues
Rosalie,
Sidonie
et Mélanie.

Les mots de l'histoire

1. On dit qu'une activité ou un jeu est un **casse-tête** quand il est si compliqué qu'il faut faire une vraie gymnastique de la tête pour y arriver.

2. Une **salle d'attente** est une pièce où l'on attend l'heure d'un rendez-vous. Il y en a chez les docteurs, par exemple, il y en a aussi dans les gares pour attendre l'heure de son train.

3. Une **fiche** est un petit
morceau de papier
ou de carton
sur lequel on écrit
des renseignements
qu'on ne veut
ni oublier ni perdre.

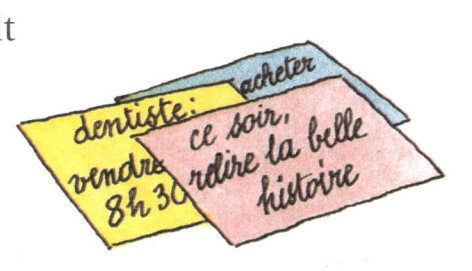

4. Une **carie** est un petit
trou dans une dent.
Elle peut s'agrandir
et finir par faire mal
si on ne la soigne pas !

5. On dit que l'on
vérifie quelque chose
quand on cherche
à être sûr que c'est
bien vrai.

LES BELLES HISTOIRES

Le plaisir des premières histoires partagées

Se faire peur et frissonner de plaisir   Rire et sourire avec des personnages insolites   Réfléchir et comprendre la vie de 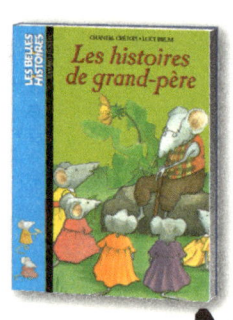   tous les jours   Se lancer dans des aventures pleines de 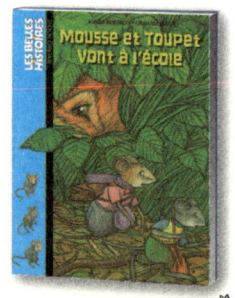   rebondissements   Rêver et voyager dans des univers fabuleux

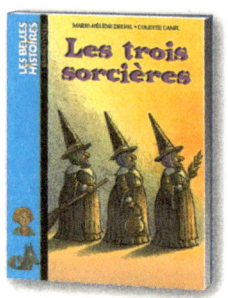

Le magazine qui donne des ailes à l'imagination

Partagez avec votre enfant de vrais moments d'émotion et de découvertes.

Chaque mois *Les Belles Histoires* prêtent leurs pages à un auteur et un artiste pour mettre en scène une grande et belle histoire.

Et pour que les enfants continuent à rêver, *Les Belles Histoires* leur offrent tous les mois 4 cartes à collectionner pour imaginer et inventer d'autres histoires.

Disponible tous les mois chez votre marchand de journaux ou par abonnement.

Achevé d'imprimer en février 2003 par Oberthur Graphique
35 000 RENNES – N° Impression : 4651
Imprimé en France